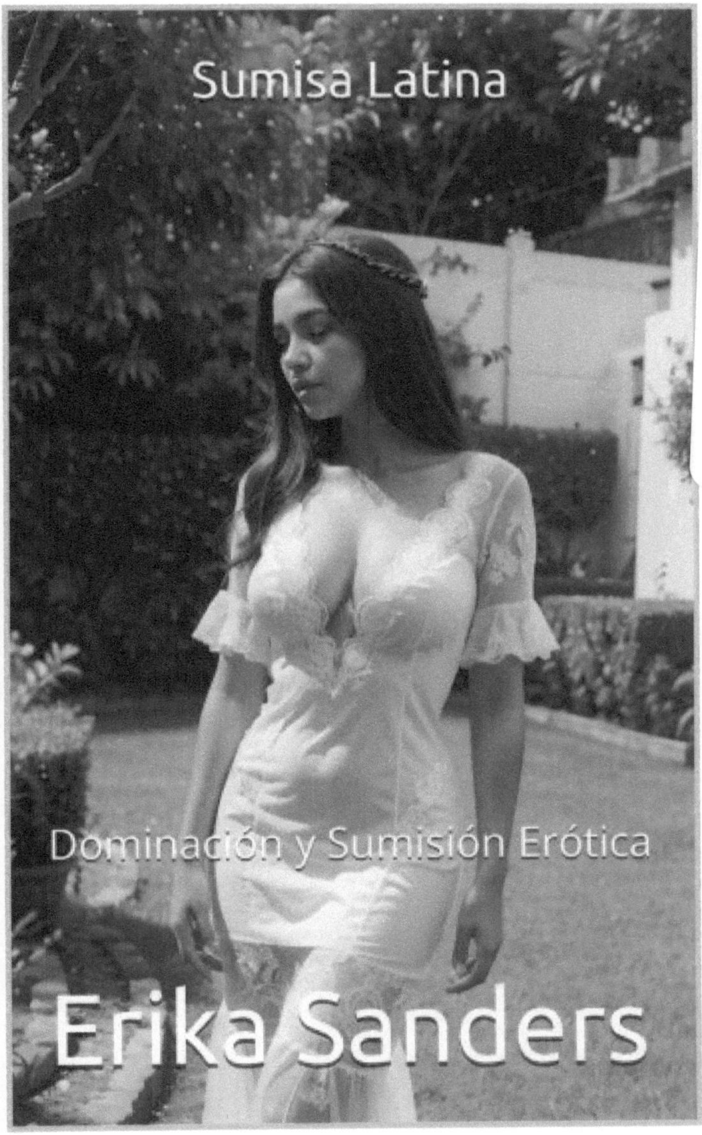

Sumisa Latina
Dominación y Sumisión Erótica
Erika Sanders

Sumisa Latina

Erika Sanders
Serie
Dominación y Sumisión Erótica

Sinopsis

Julieta es una latina, exitosa y dominante mujer de negocios con fantasías de lo que podría suceder si en lugar de ser dominante, como ella era en el trabajo, fuera ella la dominada.

Un día conoce a Paul que le comienza a mostrarle la faceta de sumisión de la que tanto desea probar...

Sumisa Latina es un relato de fuerte contenido erótico BDSM y, a su vez, también perteneciente a la colección Dominación y Sumisión Erótica, una serie de novelas de alto contenido BDSM.

(Todos los personajes tienen 18 años o más)

Nota de la autora:

Erika Sanders es una conocida escritora a nivel internacional, traducida a más de veinte idiomas, y que firma sus escritos más eróticos, alejados de su prosa habitual, con su nombre de soltera.

Índice:

SUMISA LATINA
(DOMINACIÓN ERÓTICA)
ERIKA SANDERS

Julieta recibió más instrucciones en una carta.

Era un sobre blanco con "Confidencial" escrito en negrita.

Las piernas de Julieta comenzaron a tambalearse antes de que pudiera abrir el sobre.

Recordó haber hablado con Paul anoche.

¿Cuál será su próximo plan audaz?

De su relación durante los últimos meses, ella estaba adquiriendo nuevos conocimientos sobre sí misma y su sexualidad.

Antes de que le presentaran a Paul, pensó que sabía mucho sobre sexo.

Pero desde su relación con Paul, había comenzado a hacer muchas cosas que nunca antes había imaginado.

Había olvidado muchos de sus conceptos erróneos sobre sí misma.

Antes de conocer a Paul, pensó que estaba completamente satisfecha con el sexo.

Pero pronto se dio cuenta de que no estaba satisfecha con lo que estaba haciendo.

Él le había vendado los ojos a ella durante su segunda cita.

Julieta nunca se hubiera imaginado en lo sensible que puede volverse nuestro cuerpo cuando no podemos ver.

Cada miembro era asintomático al tacto, y estaba abrumada por la curiosidad de saber qué punto sería el siguiente en ser tocado en su cuerpo.

Sintió que cada toque de su cuerpo debería durar para siempre, y estaba luchando por disfrutar de cada toque.

La siguiente vez, Paul ató sus extremidades a la cama.

Sentir que nos hemos indefensos' emocionalmente, cuando vemos nuestro propio cuerpo desnudo, nuestro compañero disfrutándolo, y no podemos hacer nada, no podemos resistirnos, no podemos evitar nada nosotros mismos, este sentimiento es muy diferente.

Está utilizando su hermoso y juvenil cuerpo como le plazca, frente a sus ojos ... y solo quiere sentir lo que le hará.

Sentimientos encontrados de impotencia, y emoción.

Jugaban a estos nuevos juegos constantemente y ella disfrutaba todos esos juegos al máximo, apreciando la creatividad de Paul.

Curiosamente, Julieta, que creía que su naturaleza era agresiva y dominante, se estaba rindiendo fácilmente a Paul en el juego del romance.

No solo eso, le encantaba entregarse por completo, entregarle su cuerpo, hacer lo que él haría, hacer lo que él le decía que hiciera.

Empezaba a sentir que alguien debería dominarla, hacer que hiciera cualquier cosa.

Este cambio en su naturaleza la había tomado por sorpresa.

Anoche, Paul había dicho que la osadía de mañana sería la culminación del juego hasta ahora.

"Escuchas todo lo que digo, ¿no?" Él había preguntado.

La sumisión había acudido a ella con solo preguntarle.

"Sí, Señor, haré lo que me digas", respondió ella en voz baja.

Podía hablar muy suavemente, pero este descubrimiento se inició solo cuando conoció a Paul.

"Bueno, entonces, mañana recibirás una carta en tu oficina. Esa carta contendrá más instrucciones para ti".

... ¡y ahora realmente tenía esa carta en la mano!

Con manos temblorosas, rompió el sello de la carta.

¿Qué estaría escrito en ella?

¿Cuál será el próximo plan audaz de Paul?

¿Qué tendría que hacer hoy por él?

Un poco asustada, un poco avergonzada también, comenzó a sacar el papel blanco dentro del sobre, he aquí y leyó ...

"Esclava

1. Prepárate para nuestro juego hoy a las ocho de la noche, sé valiente.

2. Deberás vestir así: pantalón rojo suave, blusa a juego, braguita-sujetador a juego, aretes de oro en las orejas, cinturón plateado y unos zapatos de tacón alto.

3. Un Mercedes te recogerá a las ocho en punto. El conductor sabrá adónde ir. Él te dará más instrucciones después. Así como sigues mis instrucciones ahora, también deberás seguir sus instrucciones en la noche.

4. Además, no llevarás nada más ya que no lo necesitarás. No necesitas ni un bolso ni nada más ".

El pecho de Julieta palpitaba de emoción hasta que terminó de leer las instrucciones.

Excitada por lo que pasaría hoy, empezó a mojarse.

Paul, un código de vestimenta, las ocho de la noche, conductor de Mercedes ... nada más.

Él siempre conseguía distraerla en el trabajo.

Un poco de miedo, un poco de emoción, un poco de diversión, mucha curiosidad ...

Hasta ahora, por muy audaces que estuvieran sus juegos, los habían realizado en lugares 'privados'.

A veces en la casa de Julieta, a veces en el piso de Paul y una vez en un hotel.

Pero ella se rendía a Paul a solas ... pero hoy ella conocería a una tercera persona, ¡al conductor de ese Mercedes!

¿Le habrá dado Paul algunas instrucciones audaces al conductor?

Paul dijo, que debe obedecer todo lo que diga el conductor ...

¿Qué pasa si el conductor le pide que ella se quite la ropa en el auto?

¿O si le pide que ella le bese sentado en el coche?

¿O si la inclina mientras conduces ...??? Oh Dios

¿Por qué ella le confesó todo esto a Paul?

¿Ella cometió un error al confiar tanto en él?

Por un lado, con tales dudas en su mente, también creía que Paul no permitiría que surgiera ninguna situación que la pusiera en peligro.

Sonrió para sí misma, dándose cuenta de que la idea de que el conductor la obligara a desvestirse era tan aterradora como excitante.

A las ocho en punto, Julieta se había vestido y desvestido tres veces.

Al principio vestía un pantalón rojo, pero no era suave.

Me veo bien así, ¿por qué debería hacerle tanto caso ...

Mientras se decía esto, sin darse mucha cuenta, había quitado el pantalón y buscó otro rojo más suave.

Después se puso a buscar los pendientes de oro.

Nunca había tenido oportunidad de usar estos pendientes ya que solía vestir en jeans y camiseta, pero Paul había dicho una o dos veces que le gustaban mucho.

Curiosamente, no recordaba cuando le había dicho a Paul que tenía un cinturón plateado.

Pero él había escrito eso mismo en su carta, así que debía de saberlo, eso es seguro.

Mientras apreciaba mentalmente su inteligencia ...

... El reloj dio las ocho y se oyó la bocina de un coche en la carretera.

Julieta bajó corriendo las escaleras y miró por la mirilla de la puerta de entrada.

Frente al portón había un Mercedes largo y negro.

Se quitó el bolso del hombro y lo tiró en el sofá del pasillo, cerró la puerta principal con llave, abrió el portón y caminó hacia el Mercedes.

El conductor de uniforme le abrió la puerta trasera.

El conductor era de mediana edad y de apariencia educada.

Se sentó dentro, preguntándose si él ya le daría alguna instrucción.

el conductor muy cortésmente cerró la puerta, se sentó y puso en marcha el motor.

Como esperaba, viajar en un Mercedes fue realmente cómodo, pero no pareció importarle.

Ahora, este conductor le dirá qué hacer, cómo y si realmente querrá obedecer a lo que diga ...

Muchos de esos pensamientos se agitaban en su mente.

El Mercedes aceleraba por las concurridas calles de la ciudad.

Poco a poco, el tráfico circundante se hizo menos denso y se dio cuenta de que habían salido de la ciudad y entrado en la zona industrial.

Las fábricas y los edificios de oficinas a ambos lados de la calle estrecha no le parecían familiares.

De repente, el conductor redujo la velocidad del Mercedes y entró en una parcela que parecía abandonada.

Aunque la velocidad del vehículo fue lo suficientemente lenta para ingresar desde la carretera principal, no fue lo suficientemente lenta para leer las letras en la señal fuera de la parcela.

Dentro de la parcela, Julieta ve una cabaña de Vigilante con una puerta vieja y en ruinas.

El conductor detuvo el coche y salió.

Regresó y abrió la puerta para Julieta.

Tan pronto como ella se bajó, él cerró la puerta y la agarró por el cuello y la llevó a la cabina de Vigilante derrumbada.

Julieta todavía no había escuchado la voz del conductor.

Esa cabaña de cuatro por cuatro pies tenía un mostrador en la parte delantera.

El joven sentado frene al mostrador le dijo al conductor:

"Gracias amigo, te veo la próxima vez".

El conductor simplemente sonrió y rápidamente se dio la vuelta y se fue.

Ahora Julieta estaba sola frente a ese joven desconocido pero guapo.

Había algo de magia en su sonrisa.

"Julieta, ¿no es tu nombre? Sígueme", ordenó el joven.

Julieta lo siguió con atención.

Los dos entraron en una habitación similar a una oficina en la parte trasera del edificio medio en ruinas.

En la habitación no había nada más que una mesa y sillas en un rincón.

"¿Estás lista para la aventura única de hoy, Julieta?" Preguntó poniéndose serio.

"¿Uhm? Tal vez ..." Julieta dijo poniéndose un poco nerviosa.

"Bueno", dijo, sonriendo misteriosamente, "a todos los que te den instrucciones esta noche las seguirás cuidadosamente. Sin ninguna duda ... y sin preguntarle a nadie. Algunas de las sugerencias serán raras o extrañas, pero créeme, serás más feliz si sigues las instrucciones. Luego, haga lo que se le diga, sin vergüenza, temor o miedo ".

"Está bien. ¿Qué tengo que hacer?" Julieta preguntó con firmeza.

Mirando el cuerpo sexy de Julieta, dijo:

"Escucha, entonces. Primero, quítate la ropa".

"¿Toda?" Preguntó Julieta vacilante.

"No", dijo con una sonrisa traviesa, "quítate todo menos las bragas, los pendientes, el cinturón plateado y los zapatos de tacón".

Julieta no sabía si había escuchado las instrucciones correctamente.

Le había dado instrucciones con palabras muy claras y con voz elevada.

Sin embargo, Julieta sintió que él no había podido decir nada de eso.

Incluso después de digerir su sugerencia con gran esfuerzo, ella todavía estaba esperando a que él saliera de la habitación ...

Ella pensó que al menos debería darle la espalda.

Por supuesto, Julieta sabía que esperaba mucho, pero aun así ...

En un ataque de rabia, se bajó el pantalón dejándose el cinturón puesto.

Ella desabrochó el primer botón de su blusa y lo miró para demostrarle que no eres menos en esta situación.

Pero tan pronto como notó que su mirada se deslizaba hacia abajo al quitar otro botón, sin darse cuenta, se miró a sí misma.

Le dio vergüenza ver el sujetador, muy ajustado, de color rosa suave que era claramente visible después de que salieran dos botones de la blusa.

Sus pechos carnosos y suaves luchando por salir de él.

Emocionada, comenzó a respirar cada vez más fuerte, y sus pechos ya regordetes parecían hincharse.

Sin perder más tiempo se desabrochó todos los botones que faltaban de la blusa.

Tan pronto como alejó el pantalón de sus pies, ella lo miró, y se sacó la blusa ajustada al cinturón con ambas manos.

Luego, echándolas hacia atrás y, por supuesto, inflando aún más su gran pecho y hermoso, también se quitó los ganchos del sostén.

Pero por unos momentos permaneció en la misma pose y lo miró.

Él se adelantó, mirando sus pechos hinchados.

Al darse cuenta de que no había escapatoria, Julieta puso los ojos en blanco, respiró hondo y lentamente se quitó el sostén con ambas manos.

Ella no tuvo el valor de mirarlo a los ojos ahora.

Y luego se dio cuenta de que aun esperaba que saliera o le diera la espalda.

¡Pero ella misma se podría haber dado la espalda cuando se estaba desnudando frente a este extraño joven!

Pero descaradamente se había quitado la ropa una a una frente a él ...

Ella estaba aún más avergonzada por este pensamiento.

"Dobla tu ropa y ponla sobre la mesa", Julieta recobró el sentido ante su siguiente sugerencia.

Abrió los ojos, pero, evitando su mirada, recogió el pantalón, la blusa y el sostén que le rodaba por las piernas y se acercó a la mesa.

Doblándolas cuidadosamente, las colocó sobre la mesa y se paró frente a él, pero a poca distancia.

"Ahora date la vuelta y quédate de pie con las dos manos hacia atrás", instruyó de nuevo con voz seria.

Ahora, volviéndose de espaldas, preguntándose para qué serviría, se dio la vuelta y movió ambas manos hacia atrás como si se hubiera vuelto muy perezosa.

Ella asintió con la cabeza, sintiendo que él venía hacia ella.

Sus delicadas muñecas fueron tocadas por un frío metal mientras pensaba en lo que sucedería a continuación.

Qué cosa nueva es esta preguntaba ella, hasta que algo hizo 'clic' y ambas manos quedaron atrapadas en la misma pose que él le había dicho.

Oh Dios. Estás aquí en un lugar desconocido, con un hombre desconocido, en este momento, en tal estado ... ¡¡y ahora tan indefensa!!

Poca ropa en el cuerpo, sin teléfono cerca, ni el bolso...

¿Para qué le servirían?

Tenía ambas manos atrapadas con unos grilletes por detrás.

Paul no está a la vista.

Y este joven extraño pero guapo se está acercando tanto a ti ... ¡estúpida!

Eres estúpida, Julieta.

¿Por qué la gente cree tan ciegamente?

Y eso también en una persona como Paul ... ¿cuánto lo conoces?

Que te pasará ahora.

Oh Dios, que hice...

"Vamos", dijo, sin esperar a que ella caminara, sino sosteniendo sus grilletes y caminando hacia la puerta.

No tenía sentido protestar.

Tan pronto como salió por la puerta, una ráfaga de aire frío barrió a Julieta y se le llenaron los ojos de lágrimas.

Iba andando con pasos pesados.

Casi la arrastró al oscuro estacionamiento.

En un estado tan semidesnudo, también sintió el apoyo de esa oscuridad, pero ...

¿Pero qué es esto?

La vergüenza de su propio cuerpo semidesnudo, de su propia impotencia, de la compañía involuntaria de este joven desconocido, mientras tenía miedo, también la excitaba sin poder evitarlo.

Estaba avergonzada de sentir las dulces sensaciones que tenían lugar cubiertas por la única prenda que quedaba en su cuerpo.

Ella no sabía exactamente lo que estabas pensando.

A pesar de que su cuerpo estaba frío, se sintió cálida mientras salía de la habitación y entraba en el estacionamiento, con el toque de su cuerpo mientras caminaba y con el fuerte agarre de la barra de los grilletes.

Sus pezones color chocolate oscuro se tensaron y comenzaron a doler por el aire frío.

Parecía como si él estuviera sosteniendo la barra con ambas manos con mucha fuerza ... pero ella tenía ambas manos atrapadas en la espalda.

Y entonces qué pasaría él si tuviera ambas manos libres.

Si pellizcaba sus pezones rígidos con la misma fuerza con la que sujetaba su barra ...

Julieta estaba terriblemente sorprendida por sus propios pensamientos.

¿En qué estabas pensando hace unos momentos?

Debido a esta impotencia, la vergüenza, las lágrimas acababan de llegar a sus ojos.

Ahora el toque de la mano rocosa de este hombre desconocido debería tocar nuestra parte más íntima, el pensamiento ... o el deseo...

¡Dios!

¿Qué me pasó?

¿Qué pensamientos me vienen a la mente?

Paul, ¿dónde estás, malvado?

¡Tú ... tú me hiciste así!

¿Podré mirarme en el espejo mañana o no?

Había una pequeña puerta al final del estacionamiento.

El desconocido abrió la puerta y empujó a Julieta adentro.

Era como una gran cámara vacía.

Julieta entrecerró los ojos y trató de mirar a su alrededor, pero estaba todo oscuro excepto por la lámpara que colgaba en medio de la habitación.

Él tiró de ella de nuevo y la puso bajo la luz de la lámpara.

Su hermoso cuerpo, que había estado cubierto de oscuridad durante tanto tiempo, quedó nuevamente expuesto.

Avergonzada y, de repente, la luz en sus ojos, se secó los ojos con fuerza.

Pasaron unos momentos en un silencio extremo.

No hay movimiento, no hay movimiento.

Me pregunto si me dejó aquí ...

Ella sintió su roce de toque en su cintura lineal.

Una o dos veces el toque se movió lentamente desde ambos lados de la cintura hasta las axilas y luego se deslizó hacia abajo y se deslizó por los bordes de sus bragas.

Julieta se secó los ojos con fuerza como si supiera lo que pasaría después.

Los dedos de ambas manos tiraron hacia abajo de los bordes de sus bragas rosas.

Sus bragas se atascaron cuando alcanzaron los muslos.

Con las manos atadas a la espalda, no podía hacer nada.

Los dedos de la mano izquierda de él se adelantaron desde atrás con autoridad y comenzaron a bajar la parte delantera de sus bragas, pellizcándolas, tocando su vagina húmeda.

Al momento siguiente, la última prenda de su cuerpo, aunque sólo nominalmente, se le cayó a los pies.

"Apártalas", su poderosa voz hizo eco a través de ese vacío.

Soltó sus piernas de sus bragas sin pensar.

Ahora ella estaba completamente desnuda, desnuda, desnuda.

Sin mencionar que quedaban algunas cosas en su atractivo cuerpo: aretes, cinturón plateado y zapatos de tacón alto.

Por supuesto, nada de esto servía para evitar avergonzarse, pero empezó a pensar en sí misma afrontando la situación en que se encontraba.

"Quédate quieta ahí", dijo, dando la siguiente orden.

Aunque Julieta abrió los ojos ahora, no quería desobedecerlo.

Mientras pensaba en lo que estaba haciendo, escuchó que empujaba algo.

Ella miró a la derecha y lo vio.

Empujaba algo con ruedas hacia ella.

Era una mesa.

La mesa tenía aproximadamente la altura de su cintura.

Había puestas correas de cuero a lo largo de la mesa.

Llevó la mesa justo frente a ella.

Luego, rodeándola de nuevo, la empujó hacia adelante y la inclinó sobre la mesa.

"Separa los pies, Julieta", ordenó.

Ella obedientemente movió ambas piernas ligeramente cada una hacia un lado.

"Más todavía", gritó, y ella se quedó de pie con ambas piernas completamente abiertas.

Ahora su vagina húmeda tocaba el cuero que estaba sobre la mesa.

Tan pronto como sus piernas se juntaron a las patas de la mesa, él ató sus dos piernas con fuerza con las correas de cuero.

Ahora le era imposible moverse.

Rodeándola, liberó sus manos de los grilletes.

Él sonrió y se paró frente a ella.

Mientras miraba su cuerpo desnudo, los ojos de Julieta automáticamente bajaron con vergüenza.

Siguió dando órdenes.

"Agáchate y tócate los dedos de los pies".

Cuando ella se inclinó, él se agachó hacia adelante y le ató las manos a las piernas.

No importa cuán valiente fuera, Julieta estaba aterrorizada por este estado de impotencia.

En esta etapa, ella no podía moverse por sí misma.

Su vagina mojada y sus nalgas llenas estaban completamente expuestas frente a 'ese' extraño.

No solo eso, sino que su vagina, e incluso el agujero trasero, debían de ser visibles para él ahora.

Ella estaba tratando de controlar su respiración, preguntándose qué haría él a continuación.

Por un minuto no notó ningún movimiento de él, pero luego se dio cuenta de que estaba muy cerca detrás de ella.

Y al mismo tiempo sintió un toque muy familiar, pero en un lugar inesperado ...

¡Vaselina! Sí, era vaselina.

Frotaba vaselina en su agujero trasero con un dedo recubierto.

Él se la distribuyó alrededor por un rato e luego insertó su dedo en su ano.

Julieta contuvo el aliento por un momento.

Antes de conocer a Paul, no conocía ningún otro uso de su agujero anal diferente del usual.

Solía sentirse disgustada cuando veía sexo anal en un video porno con Paul.

Le gritaba a Paul y lo obligaba a pasar la escena.

Pero una vez que le había atado los brazos y las piernas a la cama y le estaba enseñado el tipo de sexo dominante, le había insertado un tapón de goma en el ano, a pesar de su oposición.

Julieta, que inicialmente estaba gritando, aceptó este tipo de diversión en muy poco tiempo.

Después de eso, cada vez que Paul bajaba para lamer su vagina, ella comenzaba a rogarle que insertara al menos un dedo detrás de ella.

De hecho, a Paul le gustaba mucho hacerlo así, pero solo para molestar a Julieta, solía recordarle su rechazo y disgusto ...

Pero hoy, mientras el dedo de este hombre desconocido circulaba libremente por su entrepierna y ano, tenía muchas emociones en su mente.

Se sentía enojada por su propia impotencia.

Le estaba enojando el intruso por el descarado avance.

Odiaba a Paul por ponerla en tal situación.

Tenía lágrimas en los ojos debido al dolor cuando su dedo penetró dentro.

Y al mismo tiempo, se excitaba al darse cuenta de que el dedo de un extraño se movía en su ano en un lugar extraño.

Después de empujar su dedo dentro y fuera de su agujero por un tiempo, insertó a la fuerza un tapón de goma grueso en su agujero.

Aunque la vaselina redujo un poco las molestias, el tamaño del tapón era mucho mayor que el tamaño de su agujero.

Pero Julieta no podía hacer nada más que protestar.

Julieta estaba tratando de dejar de llorar y respirar hondo, en ese momento ...

Cuando el tapón estuvo completamente insertado en el interior, le dio un fuerte azote en el culo adolorido y se apartó de ella.

El grito literalmente apagado de Julieta siguió al sonido del "crack" que reverberó por toda la habitación.

En este momento, se enojó mucho con Paul.

Debe haberle dicho al extraño varias cosas que son muy privadas entre los dos.

¡Por supuesto!

Además, ¿cómo podría saber este hombre que a Julieta, que siempre manda en el trabajo, le gusta se dominada en el sexo?

Aunque lloraba mientras su dedo se movía por el ano, debía saber que le encanta que le metan el dedo.

Y ahora, sin preocuparse por el dolor físico que ella estaba atravesando, y sin anticipar cuál sería su reacción, estaba convencida de que Paul debía habérselo contado todo por la fuerza con la que la había nalgueado.

Paul también le había enseñado el truco de aliviar el dolor extremo.

En el mundo exterior, Julieta no podía soportar la fuerte voz del hombre frente a ella.

Pero en este mundo privado, su mayor fantasía era que alguien pudiera torturarla, forzarla físicamente.

Aprovechando esta información, se enfadó y al mismo tiempo se emocionó mucho cuando se dio cuenta de que este hombre estaba jugando con su cuerpo.

Con todos estos pensamientos en su mente, sin embargo, él continuó lanzando un látigo sobre ella.

Sus nalgas pálidas ahora estaban rojizas como cerezas y calientes como el infierno.

Después de diez o quince golpes, tiró el látigo a un lado y comenzó a nalguear las nalgas rojizas de Julieta.

Después de mucha tortura, Julieta comenzó a querer abrazarlo.

Se detuvo y se paró frente a ella justo cuando ella quería que sus manos se movieran por allí atrás por un rato más.

Inclinándose y soltando sus manos, la enderezó.

Tomó su delicada mano en la suya y la levantó hacia arriba.

Julieta vio una cuerda fuerte colgando de arriba.

Él le ató cuidadosamente las dos manos y las envolvió en la cuerda.

Resbaló y cayó a un lado.

La cuerda estaba atada a través del puente desde el techo.

Desató la cuerda de su sujeción, la tomó en su mano y comenzó a tirar de ella con fuerza.

El cuerpo de Julieta estaba siendo subido e izado con la cuerda tirando de sus brazos.

Julieta estaba dejando que tirara de su cuerpo sin ninguna resistencia.

Continuó tirando de la cuerda hasta que la levantó de ambos talones.

Ahora Julieta estaba de pie sobre la punta de sus tacones altos, balanceando su cuerpo, pero no colgando.

Ató el extremo de la cuerda de nuevo y se paró frente a ella.

Todo el pecho de Julieta estaba ahora erguido mientras tenía ambos brazos levantados.

Mirando hacia abajo desde arriba, sus propios pezones también se veían un poco demasiado angulosos.

Y luego, girando sus dedos sobre los círculos oscuros alrededor de sus pezones, de repente él agarró ambos pezones puntiagudos con un pellizco y tiró con fuerza.

Gritando de buena gana, Julieta tropezó en el lugar donde estaba parada.

Sus muslos también estaban limitados en sus movimientos ya que sus piernas estaban atadas en la parte inferior y sus manos en la parte superior.

Continuó tirando y soltando de los pezones con el pellizco de sus dedos.

Lentamente, Julieta comenzó a excitarse de nuevo.

Se secó los ojos, echó el cuello hacia atrás y movió su cuerpo hacia él.

Era como si quisiera ese doloroso pellizco una y otra vez.

A partir de ahí, él tomó una pequeña cantidad de crema roja en sus dedos.

Suavemente, frotó el ungüento alrededor de sus pezones.

Mojó los dedos en el tubo de nuevo y sacó un poco más de crema.

Ahora su mano bajó y comenzó a tocar su vagina.

Al encontrar su vagina a través de su fino cabello, untó la crema allí también.

Luego volvió y frotó el tapón de goma color crema en su ano.

Julieta estaba muy excitada por el toque de esa crema fría en sus tres órganos 'privados'.

Pero después de unos segundos, la crema fría comenzó a calentarla.

Y poco a poco empezó a picarle en el lugar donde le aplicó la crema.

Estaba ansiosa por que alguien le apretara los senos.

Trató de liberar sus manos para presionar sus propios pechos, para apretar sus propias ataduras rígidas.

Ahora mismo necesitaba sus dedos rocosos, en sus pezones lamidos y en su vagina que le picaba ...

Y al mismo tiempo sintió el toque de ese objeto vibrante.

Paul le había regalado un vibrador mediano, pero hasta la fecha nunca lo ha usado sola.

Paul solía hacer funcionar el vibrador por su cuenta con ella.

Pero ahora el vibrador, que había penetrado en la vagina que le picaba, parecía demasiado grande.

Además, sus vibraciones se sentían mucho más fuertes de lo que esperaba.

Aunque ambas piernas estaban atadas, estaba estirando los muslos para dejar el mayor espacio posible para el vibrador.

Avanzaba lentamente una pulgada, anticipándose a su delicada vagina.

Sin embargo, Julieta estaba tan excitada por la crema y la situación en general que estaba empujando todo su cuerpo hacia adelante y tratando de meterse el vibrador dentro.

Cuando tomó el grueso vibrador en su totalidad, se puso de pie temblando disfrutando de su vibración.

Ambas piernas atadas.

Tiro hacia arriba con ambas manos atadas.

En un lugar tan desconocido, Julieta sentía la dicha de la vida colgando completamente indefensa, desnuda, emocionada frente a un extraño.

Un tapón apretado en su ano y un vibrador llenando su vagina.

Pezones excitados por esa crema roja en la parte superior.

Quería sinceramente que el extraño la mordiera, la mordiera y aplastara sus nalgas regordetas y carnosas.

Sintió como si los dos objetos en ambos agujeros hubieran penetrado profundamente en su cuerpo.

Él nunca había dejado de empujar el vibrador hacia adentro, pero la propia Julieta estaba tratando de hacerlo entrar.

Cerrando ambos agujeros, tirando de muñecas y tobillos hasta el punto de tensión, estiró todo el cuerpo y con un fuerte grito alcanzó el clímax de la felicidad.

Por primera vez en su vida, ese momento duró mucho.

Los músculos de su ano comenzaron a endurecerse mientras sus músculos vaginales comenzaron a debilitarse.

Y antes de que la primera ola de excitación se calmara, su cuerpo se puso rígido nuevamente.

Experimentó un segundo orgasmo seguido debido al tapón de goma insertado en su ano.

Ella estaba experimentando dolor y placer extremos al mismo tiempo.

Lentamente, su cuerpo comenzó a hundirse y cerró los ojos.

Su rostro descansaba sobre su pecho en una posición colgante.

Él se inclinó hacia adelante y sacó el vibrador de su vagina.

Su cuerpo tardó un poco en recuperarse.

Después, reuniendo un poco de fuerza, levantó el cuello, abrió los ojos y ...

... todas las luces de la habitación estaban encendidas.

Bajo su mirada, vio unas quince sillas, a solo tres metros de ella.

Ella miró las sillas con incredulidad y, por supuesto, a la gente sentada en ellas.

Había hombres de entre treinta y cincuenta años ... y había mujeres.

Todos miraban a Julieta con alegría y admiración.

Paul estaba sentado en la última silla, mirándola con orgullo.

Estaba feliz de ver a Paul.

Pero a continuación, recordó su propia condición y la reciente 'exposición'.

Avergonzada, bajó el cuello, pero no pudo mover las manos para cubrir su cuerpo desnudo.

¿Y de qué iba a esconderse ahora?

Después de ver todo el 'programa', ellos ...

Con todos estos pensamientos corriendo por su cabeza, sintió el roce del agua fría detrás de ella.

El extraño, que había estado jugando con su cuerpo durante tanto tiempo, la estaba 'enfriando' con una pipa de agua en la mano.

No tuvo más remedio que dejarse bañar por él con los brazos y las piernas atados.

Girando su cuerpo desnudo, la bañó completamente de la cabeza a los pies.

Primero los restos de los latigazos en sus nalgas, luego las rozaduras de brazos y piernas por el vendaje, los senos y pezones que se le hincharon por la crema y su manejo, en ambos de sus delicados poros por los que sufrió un ataque inesperado desde ambas direcciones, y por todo su cuerpo joven y tierno.

¡Realmente necesitaba esa agua fría!

Cuando estuvo completamente empapada, cerró el grifo y se adelantó para aflojarle la sujeción de las piernas.

Julieta separó sus largas piernas y trató de pararse derecha.

Luego él desató la cuerda que colgaba arriba y soltó sus manos.

Dejándola sola por un momento, se acercó a ella de nuevo.

Acercó la mesa del fondo e hizo que Julieta se colocara en ella.

¡No había fuerza en su cuerpo, no había deseo en su mente de oponerse a cualquiera de sus acciones!

La tumbó sobre la mesa y le ató las manos.

Esta vez envolvió las correas alrededor de sus muslos sin atarle las piernas por los tobillos.

La vagina de Julieta estaba ahora más abierta que antes, con las correas sujetas en ganchos a ambos lados de la mesa.

Ahora su vagina rosada era visible frente a ella, y el tapón de goma en su agujero trasero también era visible.

La dejó en ese estado por un rato.

Ahora la idea de que había gente sentada en la habitación y mirándola la hacía sentirse avergonzada y también excitada.

Recordando que Paul también estaba a su alrededor, se recostó sobre la mesa, esperando el próximo ataque ...

Y luego sintió el toque familiar del vibrador ... primero en sus piernas, luego en sus muslos regordetes, luego en su vientre plano, alrededor de los pezones huecos, y luego moviéndose lentamente hacia arriba en ambos pechos, en sus pezones apretados.

No podía creer que se pudiera volver a emocionar en tan poco tiempo.

Sintió el flujo de su vagina cayendo desde sus muslos agotados hasta su propio ano.

Y se sintió abrumada por la vista de quince o veinte extraños, hombres y mujeres mirándola.

Ansiosa, comenzó a pronunciar:

'¡Ah, ah!'

De repente, el vibrador se apagó.

La excitación de Julieta ya no estaba en su cuerpo.

Ella comenzó a gritar fuerte, gritar y llamar al extraño para que se acercara y continuara acariciándola con el vibrador.

Debieron haber pasado unos segundos y entonces sintió un toque muy desconocido e inesperado entre sus dos muslos ...

Sorprendida, miró hacia allá y vio que el joven extraño estaba moviendo su larga lengua sobre su vagina.

Ella sonrió con satisfacción y lo miró, luego se reclinó en la mesa y relajó su cuerpo.

Ya no era un extraño para ella.

Los otros hombres y mujeres de la habitación no existían para ella.

Ni siquiera tenía pensamientos para Paul en su cabeza.

Sintiendo el toque de la lengua larga y fuerte del joven, puso los ojos en blanco y se acostó.

Durante el siguiente orgasmo, ella mantuvo una gran sonrisa en su rostro.

Cuánto tiempo estuvo lamiendo su vagina, cuánto tiempo estuvo acostada sobre la mesa, despierta o dormida ... no tenía forma de saberlo.

Todo lo que sabía era que los dos estaban de nuevo solos en la habitación, sus extremidades estaban libres, el tapón de goma había sido quitado de su ano y colocado al lado de la mesa, y el extraño que le había dado el orgasmo más grande de su vida, sin que hubiera habido coito, estaba de pie cortésmente frente a ella.

Se levantó lentamente y se bajó de la mesa.

Él tenía su ropa en sus manos.

Ahora, mientras se vestía, él se reclinó contra ella ... no para avergonzarla, sino para abrochar su apretado sujetador.

Él también la ayudó amablemente a terminar de vestirse.

Después de vestirse, llevó a Julieta de regreso a la cabaña del Vigilante.

El mismo Mercedes negro estaba parado al frente.

El conductor de Mercedes le abrió la puerta y se detuvo expectante.

Julieta sonrió al recordar la amabilidad del conductor.

Volviéndose, preguntó por primera vez desde que conoció al 'extraño',

"¿Cuál es tu nombre?"

Él sonrió.

Él tomó su mano y la apretó acercándose más y dijo:

"Mi nombre no es importante".

Entonces ella solo sonrió y dijo "Gracias" y comenzó a caminar hacia el auto.

Paul la estaba esperando en el asiento trasero del auto.

Tan pronto como entró, Julieta abrazó a Paul en sus brazos.

Paul le dio una cariñosa palmada en la cabeza y le indicó al conductor que arrancara el coche.

El Mercedes negro empezó a correr de nuevo por las estrechas calles de la zona industrial hacia la concurrida ciudad.

Paul tomó una cámara de video que había dejado a un lado y acercó su pantalla a Julieta y dijo:

"Todo lo que has hecho desde que saliste del auto ... o todo lo que te han hecho está en este video. Qué valiente eres."

Julieta se estaba relajando en sus brazos.

La sonrisa en su rostro y la satisfacción hablaban en su nombre sin necesidad de decir nada más.

Dejando que se relajara en el auto, Paul la palmeó de nuevo y se puso a mirar la cinta de su coraje.

El plan de hoy fue un éxito.

Estaba feliz y emocionada con la idea de que pronto estaría lista para una próxima y sorprendente aventura ...

FIN

RECIBIMIENTO SALVAJE
ERIKA SANDERS

35

Susan estaba acostada en el sofá pensando en su pareja.

Ella lo amaba con todo su corazón y su sueño era que él le hiciera todo lo que quisiera con los juegos previos.

Lamerla y chuparla hasta que valiera la pena morir por su nivel de éxtasis.

Luego follarla con el sexo más poderoso que la creación.

Era una noche tan aburrida.

Susan estaba acostada en el sofá en sostén y bragas rosas de seda viendo una película.

Pero Susan estaba pensando en su novio, su hermoso cuerpo, ojos verdes y cabello castaño oscuro.

La lengua de Susan asomó por sus labios mientras pensaba en él, la lujuria llenaba su mente y cuerpo.

Justo en ese momento, Susan escuchó la puerta abrirse, finalmente él estaba aquí.

Emocionada y húmeda, saltó y corrió hacia la puerta.

Allí estaba parado con sus jeans y una camiseta blanca.

Entró en la habitación notando los hermosos y agitados pechos de Susan, ya que casi se caían del sujetador por su emoción.

Agarrándola por la cintura, atrajo a Susan hacia él y la besó profundamente.

"Estoy tan jodidamente cachonda", susurró Susan con su cálida y húmeda boca. "Fóllame ahora".

No necesitando una segunda invitación, empujó a Susan hacia la mesa de la cocina.

Se quitó la camiseta y apagó las luces oscureciendo la habitación.

Susan yacía sobre la mesa, sus pezones ahora asomaban a través de su sostén blanco y se formaba una mancha húmeda en sus bragas a juego.

Se acercó a ella, formando un bulto en sus jeans.

Se inclina sobre Susan besando suavemente su vientre, lamiéndolo todo.

Susan jadea de placer y sus manos agarran su cabeza para acercarlo.

Él continuó lamiendo y besando su vientre, de vez en cuando bajando hacia su coño, aún cubierto por las braguita, para soplar aire caliente sobre ella.

Él agarra su ropa interior con los dientes, tirándolos hacia abajo en un movimiento rápido.

Las arroja sobre la mesa y olfatea sus pubis.

Susan comienza a gemir y a respirar pesadamente.

Enterrando su rostro en su coño mojado, él levanta la mano para quitarle el sujetador.

Los pechos turgentes de Susan se derraman sobre sus suaves manos.

Lamió suavemente la hendidura de Susan una vez más antes de acercarse al refrigerador.

Al abrirlo, sacó un tazón de fresas. Tomó dos de ellas, colocando una en el vientre de Susan y el otra entre sus senos.

Lamió la fresa en su ombligo, comiéndosela después.

Él continuó lamiendo su cuerpo de abajo a arriba y finalmente pasó a la siguiente fresa.

Lamiendo el escote de Susan, él mueve la fresa hacia arriba y hacia abajo entre sus senos.

Susan gime ante la sensación inusual.

Continúa moviendo la fresa cada vez más abajo por el cuerpo de Susan, hasta que llegó a su coño empujando la fresa con su lengua.

Susan jadeó y él pudo ver que su coño se contraía con la fresa cubierta con sus jugos.

Empujó la fresa más adentro de su coño.

La cubrió con la boca chupando suavemente hasta que la fresa estuvo nuevamente en su boca; ahora cubierta con jugos del coñito de Susan.

Sorbiendo la fresa, se la comió y se movió para darle la vuelta a Susan sobre su estómago.

Con su trasero en el aire, lo acarició.

Golpeó suavemente a Susan en el culo, antes de zambullirse hacia su trasero y lamerlo, dejando chupetones por todo el trasero.

Cerca había un tarro de miel, metió el dedo y lo untó sobre los labios de Susan.

Luego metió la lengua profundamente dentro de ella haciendo que Susan gimiera.

Él sorbió su lengua profundamente en su coño.

Gimiendo en voz alta, Susan dijo:

"Fóllame ahora".

Se quitó los jeans, con su polla a punto de estallar.

Ahora desnudo, su polla sobresale grande y fuerte.

Él agarró a Susan, pasando sus manos sobre sus muslos internos colocando su polla justo en su entrada.

Él frotó su cabeza contra su humedad; suavemente, separó los labios y deslizó la cabeza de su miembro suavemente.

Un gemido escapó de los labios de Susan cuando sintió la punta de su miembro entrar en ella.

Susan gimió más fuerte, mientras deslizaba el resto de su enorme polla dura en su coño.

Mientras todo él la llenaba, ella apretó las paredes de su coño, con lo que un gemido ahora llegó de él.

Comenzó a bombear su polla dentro y fuera del coño de Susan, conduciendo más y más con cada golpe.

Él continuó golpeando su coño haciendo que Susan gimiera cada vez más fuerte.

Agarrando sus muslos, golpeó con más fuerza que nunca, gruñendo mientras invadía el cuerpo de Susan con su enorme polla.

Susan gritó:

"Eso se siente tan bien bebé, fóllame más fuerte".

Él golpeó más fuerte con su polla en el coño de Susan, sintiendo la acumulación de semen en la base de su polla.

Sus bolas golpeando el trasero de Susan con el movimiento de él.

Susan dejó escapar un largo gemido y comenzó a tener un orgasmo salvaje, su coño apretando su polla, por lo que él también comenzó a tener orgasmo.

El semen se vomitó de su polla, el primer chorro entrando en el coño de Susan.

Pero él se retiró dejando que el resto rociara su cuerpo.

Justo cuando su orgasmo comenzó a disminuir, él metió los dedos en su coño bombeándolos rápidamente, enviando a Susan al orgasmo nuevamente.

Gimiendo y moviéndose por toda la mesa, Susan lo jaló sobre ella y lo besó profundamente.

Su sudor y semen se mezclaron por los dos cuerpos.

Después de relajarse ambos él dijo:

"Da gusto ser recibido así".

FIN

TRAICIONADA
ERIKA SANDERS

43

CAPÍTULO I

Becky oyó el ruido de la llave en la cerradura.

Bajó corriendo las escaleras, encendió la luz del pasillo y abrió la puerta.

Jack estaba allí bajo la lluvia, con la capucha puesta sobre su cabeza, la llave se detuvo en su mano mientras sus ojos oscuros la miraban fijamente.

"Oh, Dios mío, has venido", dijo Becky con alegría.

Ella saltó hacia adelante y pasó sus brazos alrededor de sus hombros abrazándolo, sintiendo la lluvia que cubría su abrigo filtrarse en la parte superior de su ropa tan ajustada.

A ella no le importaba.

Su hombre estaba aquí y eso era todo lo que importaba.

Ella liberó a Jack de abrazo efusivo y puso sus manos empapadas en su cara.

Su expresión seria no había cambiado.

"¿Qué pasa?", Dijo ella.

"Necesitamos hablar."

Becky sintió que su estómago se estremecía, pero se hizo a un lado para dejar que Jack entrara y se quitara las botas mojadas.

Entró en la sala de estar, frotándose los brazos nerviosamente mientras esperaba que Jack le diera las malas noticias, fueran las que fuesen.

A continuación, entró él en la sala de estar, aun con una expresión grave en su rostro demacrado.

"Ponnos una copa por favor", dijo.

Becky se acercó al carrito de licores y sirvió dos brandies.

Le temblaba la mano cuando le tendió uno de los vasos y bebió el suyo rápidamente.

Jack se acercó al sillón con los calcetines bastante húmedos.

La imagen que daba así era un poco cómica.

Ella se hubiera reído si no fuera porque el momento era bastante tenso.

Él se sentó en el borde del asiento, sin acomodarse, sin quitarse el abrigo mientras se preparaba para dar las malas noticias.

Tomó un gran sorbo de brandy antes de hablar.

"Ella lo sabe todo sobre nosotros", dijo después de tomar el licor con un suspiro final.

Becky sintió que sus rodillas se debilitaban, su corazón se aceleraba.

Se sirvió otra copa de brandy.

Caminó hacia el sofá que estaba frente a Jack y se sentó.

"¿Cómo?" Dijo después de otro trago del líquido tibio.

"Le dije."

Becky frunció el ceño.

"¿Le dijiste? ¿Para qué diablos?

"No pude aguantar más".

Becky se levantó.

"Por favor dime que estás bromeando, Jack".

Él sacudió la cabeza negándolo.

"¿Por qué le dirías a tu esposa que estás engañándola?"

Jack levantó la vista de debajo de sus pobladas cejas que le hacían parecer como un travieso cachorro.

"No pude verla estando indiferente y tranquila mientras continuaba escondiendo nuestro sucio secreto".

'Nuestro sucio secreto ¿Eso es todo lo que es para él?' Pensó Becky.

"Bueno, ¿qué dijo ella?", Dijo Becky, haciendo como que no había escuchado el ultimo comentario mientras caminaba de un lado a otro de la habitación.

"Ella está dispuesta a darnos otra oportunidad. Si esto se detiene ".

Becky dejó de caminar y miró la cara de Jack.

"¿Nos? ¿Quieres decir que tú y ella están juntos después de contárselo?"

Jack asintió.

"¿Vas a dejarme así sin más? ¿Porque ella lo dice?"

"Ella es mi esposa."

"¿Y qué era yo?"

"Tú sabes lo que era esto. Te dije que nunca dejaría a mi esposa. Esto siempre fue sexo entre tú y yo".

'Tú sabes lo que era esto. Pasado. Ya había terminado en su mente. ¿Cómo ha podido hacerme esto?'

A pesar de que él había dicho que nunca iba a dejar a Mary, Becky pensaba que lo podría convencer de que ella era realmente la mujer que él necesitaba.

¿Y no es así?

Parecía que no.

Jack había terminado su bebida y se había levantado para irse.

Becky se acercó a él.

"¿Eso es todo, entonces?", Dijo ella, mirándolo con enojo. "¿Me lo dejas caer así y te vas?"

Jack suspiró mientras la apartaba para dirigirse hacia el pasillo.

"Becky, tengo hijos", dijo, exasperado ahora.

Oh, no, él no se iba a salir así de fácil de esto.

Antes todo eran cumplidos y mensajes burlones y eróticos, con muchos besos al final para tenerme encantada.

Eso es lo que hacen todos, para obtener lo que quieren.

Luego, cuando ya han tenido suficiente, se ponen a la defensiva y tratan de deshacerse de ti.

El verdadero rostro de Jack se mostraba ahora.

Ella no había sido más que una pieza de carne para él, una cogida fácil.

Una escoria.

Una puta.

Esa era la forma en que los hombres siempre la habían tratado. Jack no iba a ser diferente.

"¿Y eso qué? Mucha gente se divorcia hoy en día. Los niños lo superan. Siguen teniendo a los dos padres ", dijo ella con frialdad.

"Son niños, Becky", espetó Jack. "Necesitan una familia. Seguridad. Un papá que siempre está cerca. No uno que aparece un par de veces a la semana ".

¿Y yo que? pensó ella algo egoístamente.

La mujer que no puede tener hijos.

La mujer que siempre y siempre será permanentemente estéril, incapaz de darle una familia a un hombre.

El fenómeno.

La rara.

La que solo es buena para divertirse, para joder.

¿Quién la amaría realmente?

"Iré a tu casa", amenazó. "Le diré lo que hicimos. Cómo me llevaste al bosque en tu auto y me follaste en el asiento trasero. Donde sus hijos se sientan cada día en el viaje a la escuela. Cómo me llevaste al mismo restaurante en donde le propusiste matrimonio a ella. A ver si ella cambia de opinión entonces ".

Jack se giró en la entrada, sus dedos dejaron la capucha que estaba a punto de levantar sobre su cabeza.

"No lo harás".

"Mírame."

Becky vio, por primera vez, una mirada en los ojos de Jack que había visto en muchos hombres antes.

Asco.

Lo que habían tenido entre ellos, lo que fuera que había sido para él, se había ido.

Ella sabía que nunca recuperaría eso.

Su labio superior se curvó cuando se colocó la capucha sobre la cabeza y se inclinó para agarrar sus botas.

Becky sintió que la calidez se desvanecía de su carne, volvía la fría sensación de quedarse atrás.

Abandono.

Ella lo había sentido demasiadas veces antes.

"No puedes simplemente dejarme, Jack", suplicó, sintiendo el familiar chorro de lágrimas que salía de sus ojos.

"Se acabó", dijo bruscamente, su voz enroscada por la ira.

"No me hagas esto, Jack. ¡Por favor!"

Él anudó el encaje de su bota y se enderezó, mirándola desde debajo del refugio de su capucha.

"No te acerques a mí ni a mi familia nunca más. Si lo haces, llamaré a la policía".

Levantó su mano y dejó caer su llave en el piso.

La llave que ella le había dado con la esperanza de que él viera esto como su verdadero hogar, en el que eventualmente llegaría a vivir en forma permanente.

Fue la última puñalada en su corazón.

Tiró de la puerta y dio un paso rápido hacia el jardín.

Becky estaba de pie en el felpudo, con las mejillas brillando teñidas de lágrimas bajo la luz brillante del salón, observando cómo su alta silueta avanzaba a zancadas a través de la lluvia.

Lejos de ella.

De vuelta a su familia.

Fuera de su vida para siempre.

CAPÍTULO II

Becky miró el interior de su vaso y sintió que la cabeza le daba vueltas.

El whisky dejó un sabor agrio y amargo en su lengua.

Con los dedos temblando sobre el vaso, ella lo levantó y lo arrojó a la pared de la chimenea.

Chocó con el espejo, haciendo que fragmentos de vidrio explotaran y luego cayeran en cascada sobre el suelo y la gruesa alfombra.

Ella saltó del sofá y marchó hacia el teléfono.

Las lágrimas brotaron de sus ojos cuando agarró el auricular, pero se dijo que no iba a llorar más.

Ella se mordió los labios, marcando con determinación el número.

Después de unos momentos, respondió una brusca voz masculina.

"¿Hola?"

"Harry, soy Becky", dijo, sofocando su embriaguez con un resoplido.

"¿Becky? Jesús, ¿para qué llamas en este momento? Son las dos de la mañana ".

"Lo siento. Es solo que ... necesito estar con alguien ".

"¿Qué? ¿En este momento?"

"Sí."

Oyó un crujido en el otro extremo de la línea, el crujido de la garganta seca por los cigarrillos de Harry mientras se movía alrededor de la cama.

"¿Realmente me estás despertando por un polvo en mitad de la madrugada?"

Becky sintió un nudo en el estómago ante sus palabras.

¿Y si ella realmente no necesitara a alguien para satisfacerse?

Sin embargo, a Harry no le importaba eso.

Solo era un hombre típico con solo una cosa en mente.

Ella paró la tentación de explotar.

"¿Por qué no? Es un momento tan bueno como cualquier otro ", dijo algo agitada.

"Tengo que estar despierto a las seis".

"¿Y qué? Puedes dormir mañana por la noche. Y al menos irás a trabajar satisfecho en lugar de bostezando ".

"Estoy destrozado ahora mismo. Lo única forma de no ir bostezando a trabajar es unas cuantas horas más de sueño y no de ejercicio ".

Becky pellizcó sus labios frustrada y agarró sus cigarrillos que estaban colocados junto al teléfono.

Encendió uno y dio una larga y profunda chupada, luego se frotó la sien con el pulgar mientras soltaba el humo espeso.

"Te haré lo que quieras", dijo, y la nicotina le dio suficiente fuerza para intentar seducirlo.

"¿El qué?", Dijo Harry.

"Te meteré mi lengua por tu culo. Te comeré como un hombre se come a una mujer ".

Hubo una pausa y pudo sentir a Harry pensando en el otro extremo.

No muchas mujeres estaban dispuestas a comerle el culo a un hombre y Harry tenía un ano particularmente sensible, su lengua tenía la capacidad de hacer que todo el cuerpo de él se doblara y gritara al mismo tiempo.

Sin embargo, parecía que realmente estaba cansado esta noche. Incluso eso no fue suficiente para tentarlo.

"Oh, Becky. ¿No podrías haber llamado a una mejor hora?

"Me pondré mi correa. Te daré una larga y dura follada ¿Eso es lo que quieres, Harry? Una. Larga. Dura. Follada."

Harry sonaba nervioso y agitado cuando respondió.

Becky sabía que a él se le había puesto la verga dura como una piedra bajo las sábanas ante su explícito y asqueroso coraje.

Pero no importaba con qué intentara tentarlo, él parecía que no se iba a mover.

"Lo siento, Becky. Voy a tener que pasar. ¿Qué tal el viernes por la noche?

Becky vio el cenicero en la mesa de café y aplastó su cigarrillo.

"Eres igual que todos los hombres, ¿verdad? Crees que voy a ir corriendo cuando tú digas. Bueno, ¿sabes qué, Harry? Puedes joderte tú solo. Esa fue tu última oportunidad y la acabas de arruinar ".

"¿Qué ... Becky?"

"Adiós, Harry. Sueño profundo si puedes. ¡Coño! "

Colgó de golpe el teléfono en el receptor.

Becky se sentó en la cama por un momento, su corazón acelerado, su sangre hirviendo, un millón de pensamientos diferentes compitiendo por la precedencia dentro de su cabeza.

¿Cómo podrían hacerle esto?

Una y otra vez.

¿Y por qué ella seguía dejando que lo hicieran?

Cayendo en la misma vieja trampa una y otra vez.

Ella sabía lo que dirían los psiquiatras.

No te valoras lo suficiente.

¿Cómo puede esperar recibir respeto cuando ni siquiera se respeta a sí misma?

Bueno, eso es fácil de decir para ellos.

Quieren saber lo que es sentirse una puta que deja que los hombres usen su cuerpo como si fuera un trapo sucio.

Una madre que se iba a joder con sus novios y dejaba a su hija sola en casa, fría y hambrienta sin nadie quien la quisiera.

Una mujer que la convenció durante años de que su padre no la quería.

Que los había abandonado por su culpa.

Cuando la verdad fue que él se fue intimidado por la sumisión a la que era sometido por ella y demasiado aterrorizado para regresar a su reino de terror.

Becky hundió su rostro en sus manos y dejó que las lágrimas inundaran sus palmas.

Me dejaste, papi.

¿Cómo pudiste dejarme con esa perra psicópata?

Ella se sentó y se obligó a sí misma a que las lágrimas se detuvieran.

La tristeza se convirtió en enojo como el cambio de un interruptor.

Su padre fue un jodido cobarde.

Como todos los hombres.

Caminaban controlados por las bolas que se columpiaban entre sus piernas, pero no tenían las agallas para usarlas.

Sólo una mujer podía hacer eso.

El dolor era demasiado.

Becky necesitaba sexo.

Era lo único que la calmaría.

El sexo calmaría el dolor que sentía por dentro.

Dolor por no ser amada y por ser rechazada, que le hacía sentir como una puta sucia y desechable.

Durante unos breves momentos, un beso apasionado, un impulso lujurioso que la llevara al orgasmo, y se sentiría sanada.

Todo bien de nuevo.

Amada.

El único problema era que se había convertido en una adicción.

Y una vez que todo había terminado, después de que los hombres se marcharan y regresaran con sus esposas o a la siguiente mujer dispuesta a abrir sus piernas, ese lugar oscuro volvería.

Hasta la próxima solución.

Becky no podía soportarlo más.

Ya era suficiente.

Esta vez alguien iba a pagar.

CAPÍTULO III

La venganza es dulce.

O eso dicen.

Becky reflexionó sobre esto mientras se cepillaba el pelo largo y negro en el espejo del tocador.

Estaba desnuda, aparte de un par de bragas negras adornadas con un pequeño lazo rojo.

Sus senos de cuarenta y tres años eran tan firmes como los de una mujer diez años menor que ella.

Era uno de los aspectos positivos de no poder tener hijos.

Ha mantenido su figura y sus esplendidos encantos durante más tiempo.

Cuando las cerdas del cepillo se deslizaron por su cabello, experimentó una calma que no había sentido en años.

Algo finalmente se estaba generando dentro de ella.

Ya no será más una víctima.

Ella estaba luchando.

Ella iba a ser una guerrera.

Seleccionó una barra de lápiz labial rojo oscuro de su maquillaje y se la aplicó con cuidado a los labios, agregando un poco de plenitud dando un milímetro extra alrededor del borde.

El color complementaba su cabello oscuro y su piel aceitunada, dándole un aspecto ligeramente mediterráneo que no podría haber estado más lejos de su herencia británica.

Ella tuvo que admitir que se veía bien.

Ella podría tener un poco de aspereza en la voz por tantos cigarrillos y una infancia de mierda, por no mencionar la bebida, pero sabía cómo presentarse para tener sexo.

Ella había aprendido esa habilidad de su madre, y cuando se dio cuenta de cuán duras eran las chicas del norte, también había aprendido a usarla para su beneficio.

Las chicas sexy tenían poder.

Podrían controlar a los hombres con sus cuerpos, su aroma, y una mirada provocadora.

Cuando Becky lo meditó, se dio cuenta de que era lo que le había permitido sobrevivir durante tantos años.

Se levantó y caminó hacia el espejo de cuerpo entero.

Inclinando su cabeza a un lado, ahuecó sus pechos.

Hizo un mohín con sus labios recién pintados.

Sí, se veía lo suficientemente buena para comer algo apetitoso.

Y para comerte también, pensó con una risa sensual.

En la cama había un vestido rojo.

Corto.

Muy provocador.

Escote bajo para mostrar sus tetas.

Ella deslizó sus pies descalzos en él y lo subió a lo largo de su cuerpo.

Mirándose en el espejo, ella se dio la vuelta y lo abrochó.

Admiraba la tela sedosa, arrugada en las caderas, lo que acentuaba su forma típica de reloj de arena.

Junto a la puerta había una hilera de zapatos de tacones.

Becky se acercó y deslizó sus pies en un par rojo.

El color de esta noche era escarlata.

Rojo por sangre y asesinato.

CAPÍTULO IV

El taxista se detuvo afuera del club.

Becky notó que había dos gorilas junto a las puertas.

Pagó al taxista y salió a la calle iluminada por la luz de la farola, el aire suave tocando sus hombros desnudos mientras la música del club golpeaba bajo sus pies.

Cerró la puerta del taxi y caminó hacia la entrada, colocando la correa de su pequeño bolso rojo sobre su hombro.

Lugar de Encuentro era un moderno club de caballeros que había aparecido en la ciudad hace un par de años.

Hombres de todas las edades iban allí con sus trajes más modernos, empapados en botellas de loción para después del afeitado, tratando de atraer a las chicas del norte que acudían a su olor como perras en celo.

Becky no era la excepción.

Pero esta noche tenía su mente puesta en un hombre en particular.

El lugar era una colmena de actividad, ocupada para una noche de mitad de semana.

Una cantante estaba actuando en el escenario en un lado de la sala y el bar en el otro estaba lleno de los tipos más viejos encorvados sobre vasos de cerveza.

Hombres y mujeres se sentaban en una gran área llena de mesas en el centro de la sala, charlando y mirando hacia el escenario.

Becky se dirigió al bar y llamó a un apuesto joven barman con un corte de pelo estilo pico de viuda.

"¿Ricky está aquí esta noche?", Preguntó ella.

El camarero asintió. "Atrás."

Becky le dio una sonrisa y se alejó del mostrador, notando que los ojos de los hombres más viejos se habían movido de sus bebidas a ella.

Se aseguró de que tuvieran una buena vista de su trasero mientras desaparecía por un corredor que conducía a las oficinas en la parte trasera.

Ricky Morris era el dueño de cinco clubes nocturnos en el área de Maine.

Había ganado su dinero a partir de unos tratos poco fiables en los años noventa y abrió la cadena de clubes de caballeros que había sido un éxito instantáneo con los muchachos juguetones del Norte.

También era conocido por trabajar con strippers y prostitutas, proporcionándoles clientes y recortando sus ganancias.

Becky lo conoció hace dos años en el lanzamiento de *Lugar de Encuentro*.

De todas las mujeres atractivas y chicas guapas que estaban allí esa noche, era a ella a quien se había acercado.

Tal vez reconoció algo de sí mismo en ella, un rasgo masculino que apelaba a su naturaleza ambiciosa y emprendedora.

Una mujer que no se inclinaría ni adularía por su dinero y buena apariencia.

Una mujer que jugaría duro para obtener lo que quería.

Becky llamó a su puerta, pero no esperó una respuesta.

Al entrar en la habitación, vio un destello de carne y olió el inconfundible aroma del sexo.

Una mujer de veintitantos años yacía sobre el escritorio, con los pechos desnudos expuestos a través de un vestido que todavía estaba envuelto alrededor de su cintura.

Ricky la estaba follando desde una posición de pie, pantalones negros alrededor de sus tobillos, el sudor brillando sobre su cabeza afeitada.

Volvió la cabeza ante la interrupción.

"Joder." Se apartó de la mujer y Becky vio su gran polla, inflamada por la excitación, resbaladiza con el jugo de la mujer.

Cuando vio quién había entrado en la habitación, suspiró, se inclinó y se subió los pantalones.

La mujer en la mesa cubrió sus pechos, tratando de ocultar su vergüenza con una risa sensual.

Pequeña zorra, pensó Becky, caminando sin vergüenza dentro de la oficina.

Ricky se estaba abrochando el cinturón de cuero alrededor de la cintura cuando movió la cabeza para que la chica se fuera.

Aun cubriendo sus pechos, se deslizó recatadamente de la mesa, tomó los zapatos de tacón y salió de puntillas de la habitación.

Ricky caminó alrededor de su escritorio, mirando a Becky de reojo, con el rostro enrojecido.

Se sacó un pañuelo del bolsillo de la camisa, se enjugó la frente y metió la mano en un cajón para recuperar una pitillera plateada.

"¿A qué debo el placer?", Dijo, abriendo la caja y sacando un cigarrillo de colores.

Le ofreció uno a Becky.

Ella mantuvo sus ojos en él mientras caminaba hacia el escritorio y tomaba uno de los cigarrillos.

Era escarlata.

"¿Comprobando la calidad de la mercancía de nuevo?", Dijo, colocando el cigarrillo rojo entre sus labios.

Ricky entrecerró sus agudos ojos azules mientras encendía su cigarrillo y luego sostenía el encendedor para encender el de Becky.

"¿Cuál es tu punto para interrumpirme, entrando aquí sin avisar?"

Becky aspiró un poco del cigarrillo encendido.

Ella expulsó el humo que se arrastraba hacia el techo en un delgado hilo.

"Veo que has estado ocupado últimamente."

Ella miró hacia la mesa con una sonrisa.

Las impresiones de sudor donde habían estado las nalgas de la mujer todavía estaban presentes en la superficie del vidrio.

Ricky se sentó pesadamente.

Becky casi podía oír su corazón acelerarse, la sangre todavía bombeando alrededor de su cuerpo de la sesión sexual interrumpida.

Él la estudió con curiosidad.

"¿Ya terminaste?"

Becky negó con la cabeza.

"¿Entonces qué? Noto algo diferente en ti ".

Becky echó hacia atrás su pelo y miró la pecera grande que brillaba detrás de la cabeza de Ricky.

Peces grandes en un estanque muy pequeño, pensó con ironía.

Él podría tener dinero y poder sobre las mujeres, pero sentado allí en su silla sin tener ni idea de lo que estaba por suceder, era tan débil y patético como cualquier otro hombre.

"Supongo que debe ser por el clima del mes", dijo secamente.

Se quitó la bolsa del hombro y la colocó con cuidado sobre la superficie de vidrio que estaba sobre la mesa.

Ricky miró sus movimientos con interés.

Caminó alrededor del escritorio y posó sus nalgas en su borde duro.

Ricky hizo girar su silla, se inclinó hacia atrás y la estudió.

"Estás con ganas", dijo con atención.

"¿Cuándo no lo estoy?", Respondió ella.

Ricky sonrió.

A él le encantaba eso de ella.

Ese apetito audaz y dispuesto para el sexo.

Especialmente de una mujer.

Lo puso duro en segundos. Becky esperó a ver que su polla volvía a despertar mientras movía su cuerpo para mostrar sus pechos.

"Eres una puta", dijo Ricky. "Nada te detiene, ¿verdad? Ni siquiera segundos descuidados en una pequeña zorra.

"Ella era solo el aperitivo. Yo soy el plato principal. El sexo real."

Becky se subió el vestido por el muslo y deslizó los dedos entre sus piernas.

Se había quitado las bragas antes de salir de la casa, así que tenía fácil acceso a los labios desnudos que tenía entre las piernas.

Miró a Ricky y tomó otra chupada del cigarrillo.

El bulto que seguía creciendo en sus pantalones le dijo que planeaba estar dentro de ella en segundos.

Su coño se humedeció ante el pensamiento, intensificado por el conocimiento de que esta vez la satisfacción sería más dulce que cualquier otra.

Puso sus manos sobre la superficie de vidrio, dejando huellas pegajosas de su coño almizclado, y maniobró hasta posicionarse directamente frente a Ricky.

Puso ambos talones en los brazos de la silla, abriendo las piernas para darle la vista completa de lo que tenía entre sus piernas.

La excitación brilló a través de los ojos de Ricky mientras miraba hacia abajo y veía el dulce oculto debajo del pequeño vestido rojo.

"¿Qué se supone que debo hacer con eso?" Dijo sardónicamente, levantando su ceja.

Con los codos sobre la mesa, Becky aún logró fumar mientras respondía con una sonrisa sensual.

Sin palabras.

Ricky apagó su propio cigarrillo aplastándolo sin vergüenza sobre el cristal.

Respiró a través de sus fosas nasales, tal vez para obtener un sabor perfumado de lo que vendría, empapando sus largos dedos frente a sus hermosos labios.

"Voy a comerte hasta que tu coño gotee en mi boca".

Becky sintió un hormigueo en la vulva mientras apretaba los músculos.

Ella siempre había amado a un chico al que le gustara comer coño.

Ricky estaba feliz de saturar su rostro en su jugo, haciendo cosas con su lengua que lo enviaran a otro lugar.

Sería la forma más humana de irse, pensó.

Un miedo eufórico.

Sus grandes manos tocaron sus rodillas y separó sus piernas aún más.

Becky lo miró con una fascinación sombría, evaluando la excitación en sus ojos acerados.

Se pasó la lengua por los labios en broma.

Becky sonrió a sabiendas.

Entonces, antes de que ella pudiera hacer otra cosa, su cabeza estaba entre sus piernas y su lengua caliente y húmeda estaba abriéndose paso dentro de ella.

La cabeza de Becky cayó hacia atrás mientras jadeaba de placer.

"Oh, joder".

Ricky movió su cabeza vorazmente, lamiendo su carne pegajosa.

Comer, probar, respirar su olor almizclado.

"Delicioso", Becky lo escuchó decir con su profundo acento de Vermont.

Ni por asomo iba a saborear algo tan delicioso como su dulce venganza, pensó.

Ricky bajó la cremallera de sus pantalones y sacó su polla, masturbándola con movimientos rápidos y duros de su muñeca.

Becky se preguntó brevemente si él prefería su coño al que había estado follando minutos atrás.

Entonces ella decidió que ya no le importaba.

Todos los hombres eran iguales.

Tontos del culo que abusan de putas y chupan coños. Incluso si tuvieran la capacidad de enviarte a lugares que nunca supiste que existían.

¡La lengua de Ricky era divina!

Becky miró hacia abajo y vio el brillante y redondo cuero cabelludo subiendo y bajando.

Este era su momento.

Tomando aliento, hizo una pausa por un momento, luego juntó sus muslos en un movimiento rápido, cerrando el cuello de Ricky entre sus piernas.

Él se atragantó e intentó alejarse, pero fue en vano.

Becky metió la mano en el bolso rojo y sacó un cuchillo.

Ella agarró la empuñadura con ambas manos y la levantó por encima de la cabeza de Ricky.

Él continuó balbuceando, agarrando sus muslos para abrirlos.

Pero ella no pudo hacerlo.

Ella no podía dejar caer el cuchillo sobre su cabeza.

Ahora que el momento estaba aquí, ya no parecía una fantasía.

Se sentía como una pesadilla.

Ella no era una asesina.

Ella no podía convertirse en algo que no era.

La habían matado por dentro y ella los despreciaba por eso, pero matar a sangre fría la convertía en otra cosa.

La hacía a ella ser menos que ellos.

Becky liberó la presión de sus muslos sobre la cabeza de Ricky.

Salió de la trampa, jadeando y frotándose el cuello.

"Loca puta perra", gritó. "¿A qué estás jugando?"

Becky ya había ocultado el arma en el bolso antes de que Ricky escupiera su ira.

"Pensaba que te gustaría probar algo un poco duro", jadeó, haciendo todo lo posible por ocultar el miedo en su voz.

Ricky apartó sus piernas y se levantó.

"¡No podría respirar!"

Becky jugueteó con su vestido y bajándose de la mesa de vidrio.

Mientras estaba de pie, notó la expresión de duda en los ojos de Ricky.

"Oh, vamos", dijo ella. "Fue un poco divertido".

Consiguió mantener una sonrisa mientras su corazón latía frenéticamente dentro de su pecho.

Ricky no dijo nada, buscando en sus ojos algún tipo de engaño.

Él sería el único que tendría sangre en las manos si supiera que ella había planeado matarlo.

Becky caminó hacia él y se inclinó cerca de su rostro.

Ella besó su mejilla ruborizada, dejando su labio escarlata impreso en su piel.

"Ya he tenido suficiente por hoy. Me iré mejor", dijo ella.

Levantó su bolso de la mesa y caminó hacia la puerta.

Podía sentir los ojos de Ricky clavados en ella.

Penetrante.

Acusatorio.

"Espera", dijo.

Becky se detuvo.

Su corazón se congeló.

Lentamente se dio la vuelta.

El contorno oscuro de Ricky estaba bordeado por el brillante resplandor del agua de la pecera mientras esperaba que hablara.

"Querrás tu dinero", dijo.

Becky frunció el ceño.

"¿Qué dinero?"

"Siempre pago a mis chicas favoritas".

Becky estudió sus ojos.

¿Qué estaba haciendo él?

"Nunca lo has hecho antes".

"Ya es hora de que lo haga".

Cogió un talonario de cheques del escritorio.

Sacó un bolígrafo del bolsillo de su camisa y garabateó algo en de él.

Cuando se lo acercó a Becky, sintió que le picaba el cuello.

Ricky le dio el cheque.

Becky lo tomó y miró la cantidad.

Cuarenta mil dólares.

Ella palideció y miró a Ricky con incredulidad.

"Por servicios debidos", dijo.

Becky miró hacia atrás a la figura fuerte.

Cuarenta mil dólares.

Pagaría su hipoteca.

Ella podría conseguir un auto nuevo.

Salir a flote.

Comprar ropa nueva.

Zapatos de diseño.

Ricky no sonreía mientras la miraba estudiar el cheque.

La mirada que le dirigió fue de preocupación.

Becky miró nerviosamente sus ojos azul acero.

Él sabía que ella había intentado matarlo.

Él la estaba pagando.

Toma el dinero, déjame en paz, no vengas.

Ella no quería decepcionarlo.

Se las arregló para sonreír y luego se volvió para salir de la habitación, su mano temblorosa aun sosteniendo su nueva fortuna.

FIN

67